UN VOYAGE POUR DEUX

Contes et mensonges de mon enfance

UN VOYAGE POUR DEUX

Contes et mensonges de mon enfance

Stéphane Poulin

Annick Press

Conception:
Stéphane Poulin
Conception graphique:
Catherine Bouchard
Typographie:
Mimotype

Annick Press Ltd. tient à
remercier le Conseil des Arts
du Canada et le Conseil des
Arts de l'Ontario de leur aide.

**Données de catalogage
avant publication (Canada)**

Poulin, Stéphane
    Un voyage pour deux

(Contes et mensonges de
mon enfance)
Publié aussi en anglais sous
le titre: **Travels for two.**
ISBN 1-55037-207-6 (rel.)
ISBN 1-55037-206-8 (br.)

I. Titre. II. Collection: Poulin,
Stéphane. Contes et
mensonges de mon
enfance.

PS8581.065V6   1991
jC843′.54
C91-094421-0
PZ23.P68Vo   1991

Distributeur au Canada
et aux États-Unis:
Firefly Books Ltd.
250 Sparks Avenue
Willowdale, Ontario
M2H 2S4

♾ Ce livre est imprimé sans
produit acide.

Imprimé au Canada par
D.W. Friesen & Sons Ltd.

À Félix,
Monique et Louis.

Quand j'étais petit, j'habitais à la campagne entre deux champs de choux, dans une maisonnette presque aussi petite que moi. Nous y menions, ma famille et moi, une vie paisible et sans surprise.

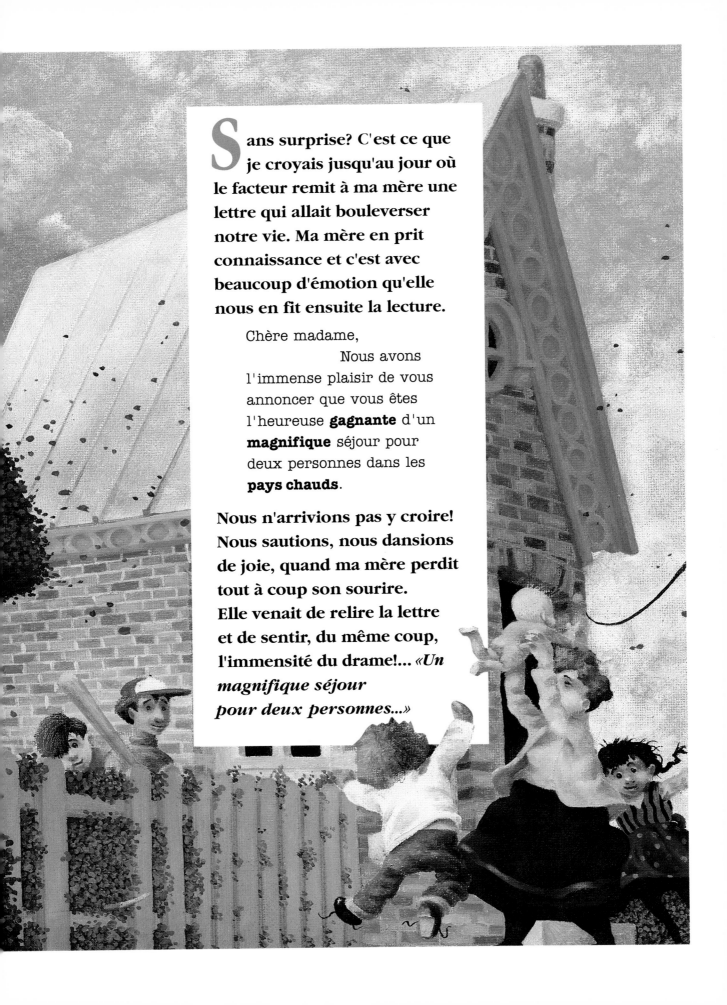

Sans surprise? C'est ce que je croyais jusqu'au jour où le facteur remit à ma mère une lettre qui allait bouleverser notre vie. Ma mère en prit connaissance et c'est avec beaucoup d'émotion qu'elle nous en fit ensuite la lecture.

Chère madame,
        Nous avons l'immense plaisir de vous annoncer que vous êtes l'heureuse **gagnante** d'un **magnifique** séjour pour deux personnes dans les **pays chauds**.

Nous n'arrivions pas y croire! Nous sautions, nous dansions de joie, quand ma mère perdit tout à coup son sourire. Elle venait de relire la lettre et de sentir, du même coup, l'immensité du drame!... *«Un magnifique séjour pour deux personnes...»*

Nous étions dix (sans compter le chien). Qui aurait droit au voyage? Ma mère, c'est sûr! Mais qui serait l'autre? Tout le monde se mit à pleurer, sauf moi bien sûr, car je venais d'avoir une idée de génie (d'autant plus que je n'aimais pas pleurer car les larmes embuaient mes lunettes). Huit d'entre nous (en plus du chien) se cacheraient dans la malle. Ma mère voyagerait avec Isabelle le bébé.

Et le grand jour arriva. Un taxi vint nous chercher. Pendant que ma mère et le bébé s'installaient dans la voiture, le chauffeur hissait péniblement la malle sur le toit sans se douter un instant de ce qu'elle pouvait contenir. Tout allait bien.

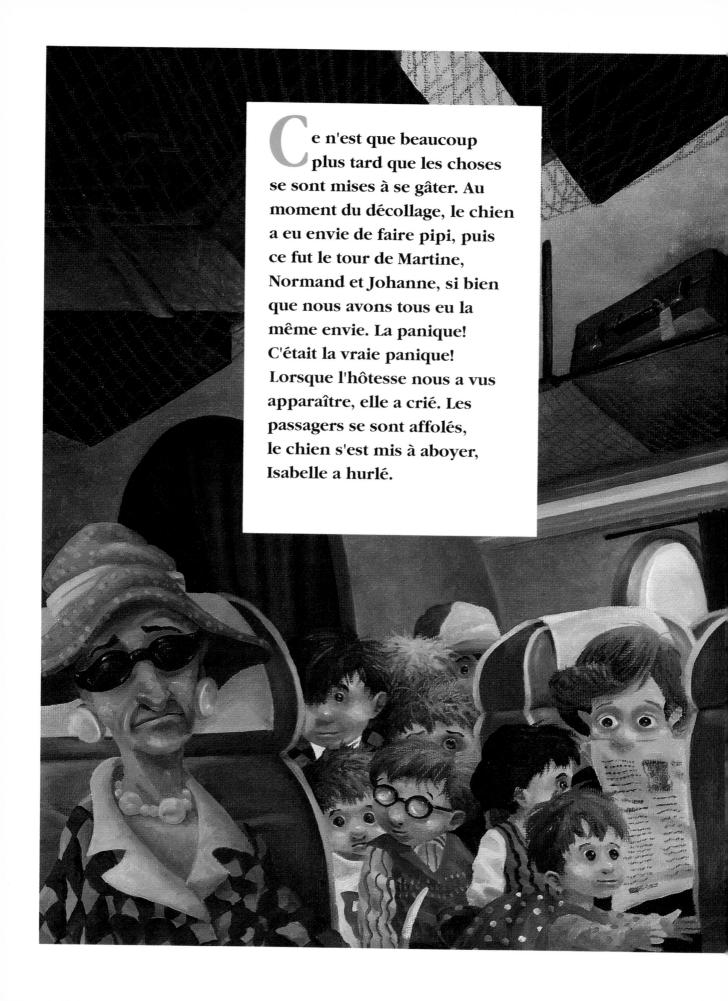

Ce n'est que beaucoup plus tard que les choses se sont mises à se gâter. Au moment du décollage, le chien a eu envie de faire pipi, puis ce fut le tour de Martine, Normand et Johanne, si bien que nous avons tous eu la même envie. La panique! C'était la vraie panique! Lorsque l'hôtesse nous a vus apparaître, elle a crié. Les passagers se sont affolés, le chien s'est mis à aboyer, Isabelle a hurlé.

Mes frères et mes soeurs couraient partout. Le pilote s'est fâché et nous a ordonné de sortir. Sortir? Oui, mais comment? Nous nous sommes réfugiés dans la malle avec ma mère, Isabelle le bébé (et le chien).

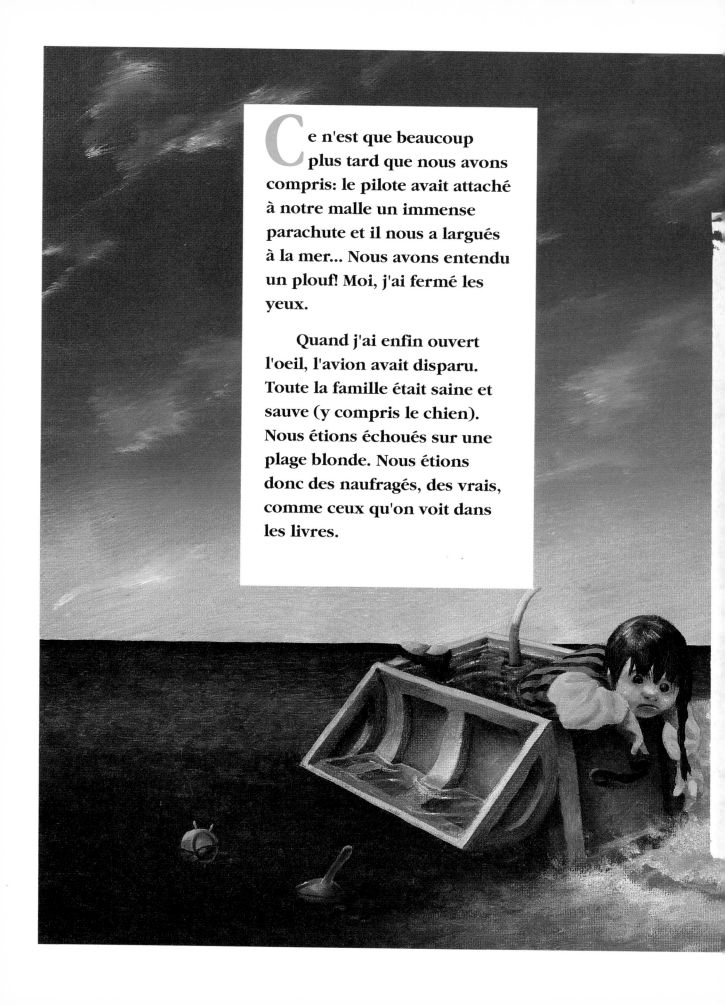

Ce n'est que beaucoup plus tard que nous avons compris: le pilote avait attaché à notre malle un immense parachute et il nous a largués à la mer... Nous avons entendu un plouf! Moi, j'ai fermé les yeux.

Quand j'ai enfin ouvert l'oeil, l'avion avait disparu. Toute la famille était saine et sauve (y compris le chien). Nous étions échoués sur une plage blonde. Nous étions donc des naufragés, des vrais, comme ceux qu'on voit dans les livres.

Une fois remis de nos émotions, nous avons fait l'exploration des lieux. Au bout d'une heure, nous savions que nous étions sur une île. Déserte, bien sûr.

Les jours passaient. C'était l'endroit idéal pour les vacances: la mer, les plages, le sable chaud, les grottes où nous nous cachions, les fruits juteux et succulents... C'était le bonheur.

Et cette vie de rêve aurait pu durer toute la vie. Sauf qu'un matin, un navire a jeté l'ancre aux abords de l'île.

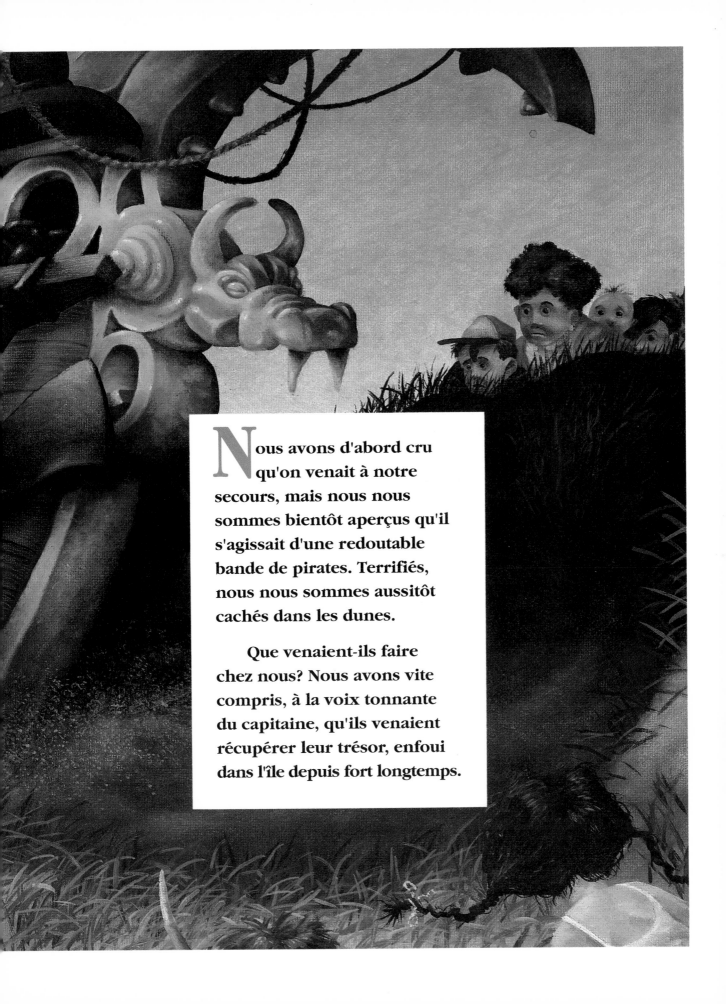

Nous avons d'abord cru qu'on venait à notre secours, mais nous nous sommes bientôt aperçus qu'il s'agissait d'une redoutable bande de pirates. Terrifiés, nous nous sommes aussitôt cachés dans les dunes.

Que venaient-ils faire chez nous? Nous avons vite compris, à la voix tonnante du capitaine, qu'ils venaient récupérer leur trésor, enfoui dans l'île depuis fort longtemps.

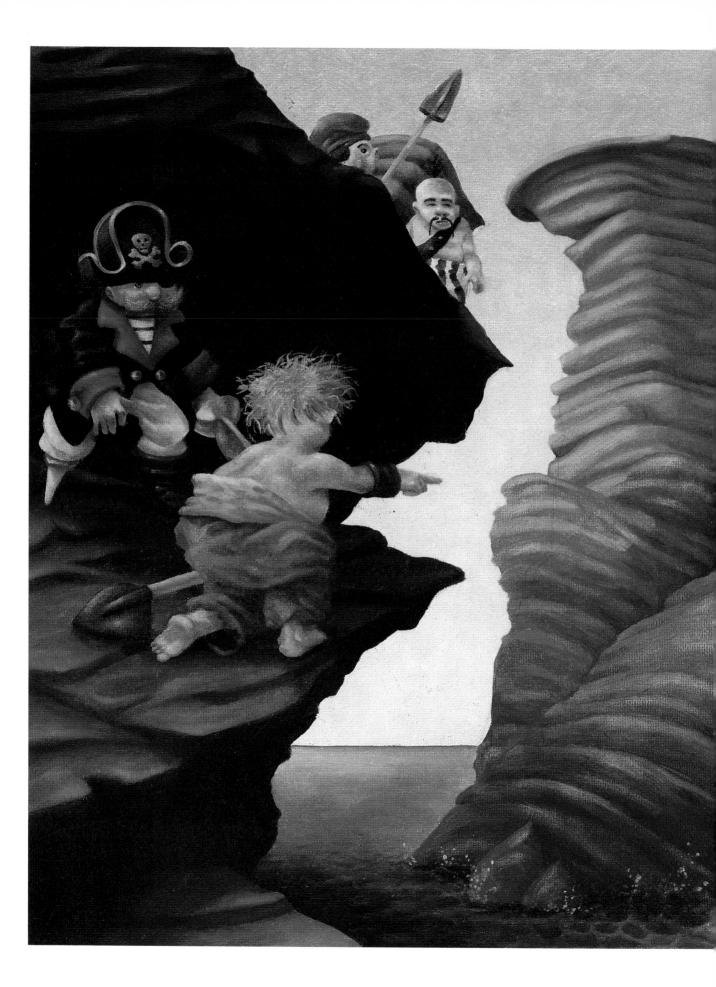

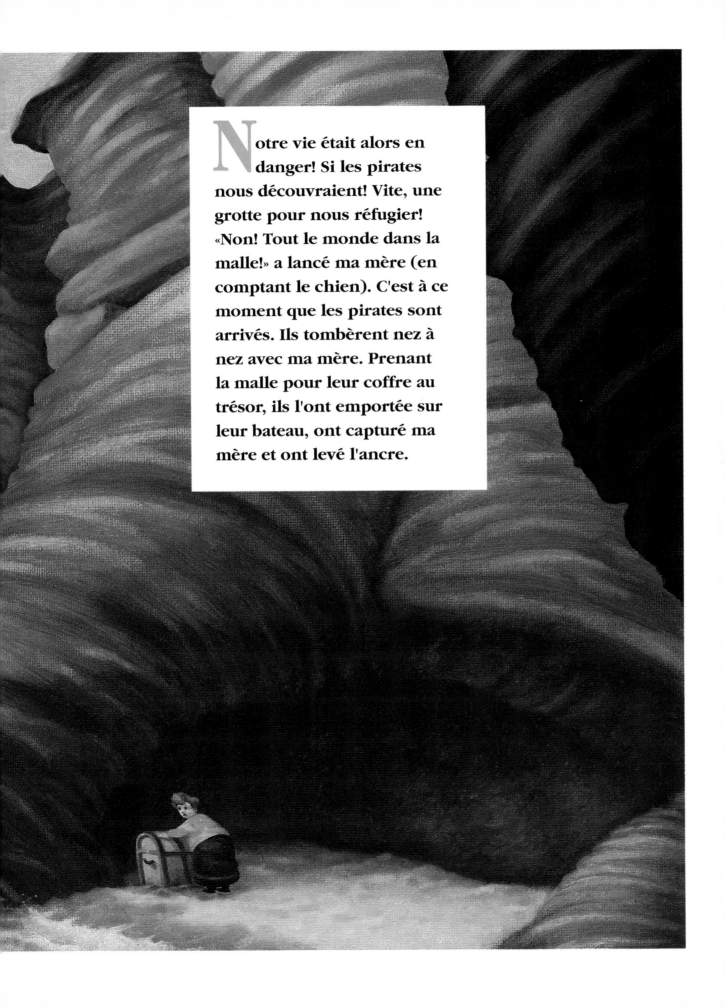

Notre vie était alors en danger! Si les pirates nous découvraient! Vite, une grotte pour nous réfugier! «Non! Tout le monde dans la malle!» a lancé ma mère (en comptant le chien). C'est à ce moment que les pirates sont arrivés. Ils tombèrent nez à nez avec ma mère. Prenant la malle pour leur coffre au trésor, ils l'ont emportée sur leur bateau, ont capturé ma mère et ont levé l'ancre.

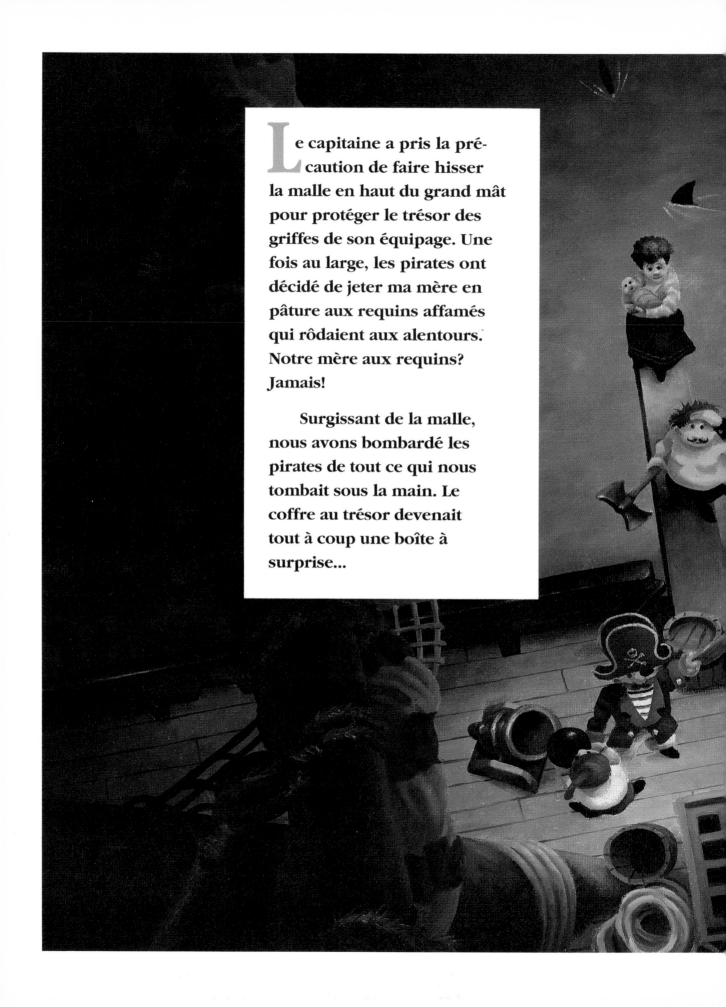

Le capitaine a pris la pré-
caution de faire hisser
la malle en haut du grand mât
pour protéger le trésor des
griffes de son équipage. Une
fois au large, les pirates ont
décidé de jeter ma mère en
pâture aux requins affamés
qui rôdaient aux alentours.
Notre mère aux requins?
Jamais!

Surgissant de la malle,
nous avons bombardé les
pirates de tout ce qui nous
tombait sous la main. Le
coffre au trésor devenait
tout à coup une boîte à
surprise...

Fou de rage, le capitaine a ordonné qu'on nous fasse descendre à grands coups de canon. Heureusement pour nous, tous les boulets rataient leur cible et retombaient sur le pont, trouant le bateau comme un gruyère. Le bateau percé s'est aussitôt mis à couler. Ma mère a profité de la pagaille pour nous rejoindre dans la malle. Les pirates ont préférés leur canot de sauvetage.

Nous avons dérivé durant quelques jours, ballotés par la tempête et les vagues énormes qui risquaient de nous engloutir à tout moment. Enfin, nous avons cru voir un navire à l'horizon. Du secours ou des pirates?

Par prudence, nous nous sommes une fois de plus réfugiés dans la malle (avec le chien).

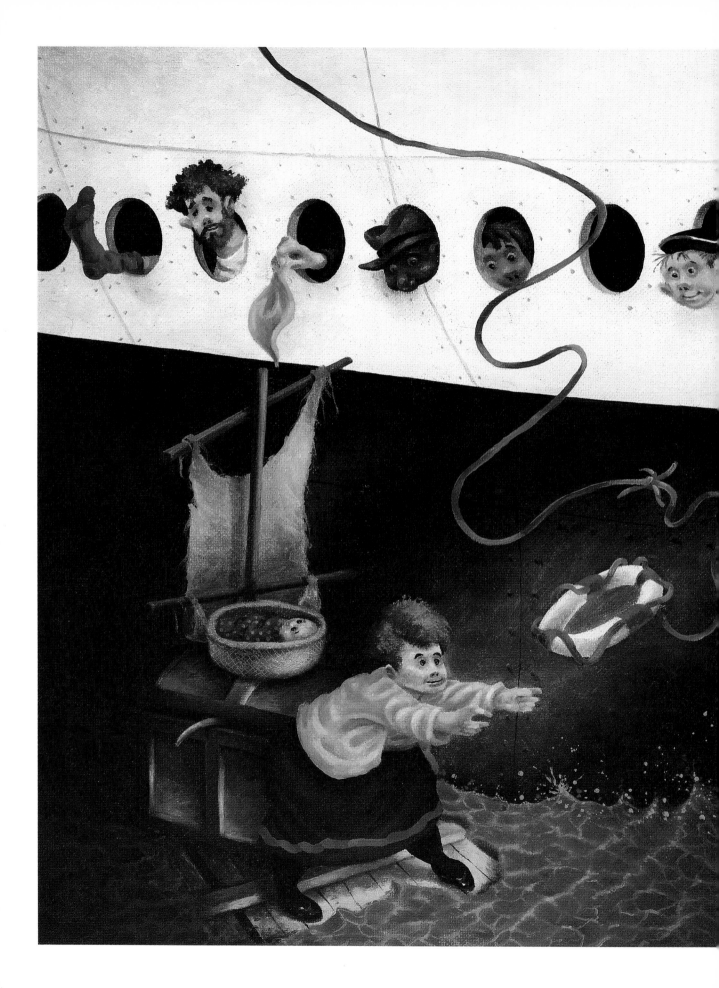

C'était un bateau de croisière sans pirates à bord. Mais comme ma mère craignait que nos bêtises fassent tout rater une fois de plus, elle nous a supplié de rester tous bien sages (en comptant le chien) à l'intérieur de la malle.

Nous avons promis d'être sages comme jamais, jusqu'à l'arrivée. Tout allait bien, tout allait très bien, jusqu'au moment où le chien a eu envie de faire pipi...